揺籃歌

黒田京子歌集

六花書林

揺籃歌 * 目次

Ⅲ

装幀　真田幸治

揺籃歌

I

風あれば

ちちははに我の生まれて家族といふかたち整ふ　京都市左京区

かはひらこ菜の花畑を飛びながら風に紛るる　サガサナイデヨ

記憶の底に菜の花畑その中に隠れて見えてちちははおとうと

月草のうつろふ時間たぐり寄せたぐり寄せつつゆく京の町

プラタナスの並木に通ふ風あれば風に寄り添ひたき思ひ湧く

短か日の日暮華やぐひとところ露天商人〈とちをとめ〉売る

透明な容器に並ぶ無精卵十二個《いちダース》みな闇に息づく

なよらかに揺れつつ芯のかたきまま風の星座に我は生まれて

欠けたるもの

冬の夜に冷たき我が手離れたるワイングラスの砕け散るなり

我が裡《うち》の足らざるものを思ひゐる床に散りたる破片集めて

子のなきも欠けたるひとつ母となる勇気持てずに我は生き来し

抱く子の重み知らざる我が腕《かひな》知らざることの重みに堪ふる

少年の蹴る缶の音冬空に高くひびくを我は聴きをり

何を欲する我と見ゆるか夜の道を歩く頭上にあかき半月

石壁を伝ひ流るる水のあり流すべきもの我が裡《うち》に問ふ

古きノラ

ふくらめる胸を羞《やさ》しみ我のこと僕と呼びにき少女期われは

赤ばかり着せられてゐし少女子《をとめご》は黒を好める女となりぬ

途切れたることばつなげず目の前のシュガーポットの砂糖を掬ふ

粉砂糖のやうな雪降る日曜日　優しきことばあるはずもなく

優しさの定義はあまたと思へども初めにことばあるべしと思ふ

どくだみが十字を切りて迫りくる我に母性の兆したるとき

廃屋に降りにし雨に明るめり藍色褪するあぢさゐひとつ

指先に残る蕗の香エプロンに拭ひつつ思ふ古きノラのこと

壊るる

「元気さうね」ひと呼吸おき「はい」と言ふ「はい」は「いいえ」に等しくもあり

大切なものから壊れゆくことの折節あるは偶《たまさか》なるか

外からは壊す理由の見当たらぬビルの内なる罅のいくすぢ

他動詞と自動詞のちがひ考へる壊す壊れる凹ます凹む

高き熱下がりし明けに見るゆめに雪に真白き砂丘広ごる

重ね来し冬を思へば大切な人との別れ多き冬かも

使はざる、本気で人を愛さざる、物が心が壊れぬやうに

ムール貝

薄ら日も届かざる隅さみし気なひと木にあをく芽の尖りをり

かの夜にことば呑み込みゐし我は熱き湯の中のムール貝のごとし

滾る湯に堪へて閉ぢゐるムール貝ひとつ思ひのよぎり口あく

こぼれ出すミモザの黄色きさらぎの錫色の町に人を待てれば

春雨に光る大地を持ち上げて黄のクロッカス針の芽を立つ

たをやかなカーブを描くひなげしの蕾はじけて白や黄の花
藍深き冬の夜空にはじけたる思ひは我を置き去りにせし

ピーナッツバター

恋の話重くなるのは嫌だからクリームあんみつ食べつつ話す

ひとむらのアガパンサスを飛び回る蜂が止まりぬひとつを選び

話さうかメールに問ひてくるきみにいいねと返す　春はあけぼの

「久し振り」「元気」「生きてる」「良かつた」と短きことば繫ぎてゆきつ

会ひたいと会ふを迷ふは表裏ゆるる思ひは恋心かも

単色の日々を抜け出せさうだねと春陽のやうなきみのこゑ浴ぶ

こつてりとピーナッツバターをパンに塗るこつてり情の厚きは苦手

「ぢやあ、またね」さり気なく我はきみに言ふふたたびの会ひ叶はぬと知り

果たされぬと知りつつ交はす約束の果たされぬゆゑ美しきかな

五月は冥き

若葉風が微熱をはこび誕生月五月宇宙もわたしも冥き

鍋の中に焦がししキヌアの粒々を皿に移せば飴色あはれ

ミントソースをたんとかけても消えぬのはローストラムの仔羊の聲

「いち抜けた」言ひそびれたるかの日よりわたしはたんぽぽの根のごとくあり

約束を守りて悔いぬ晴れてゐし空より雨の落ちてくる午後

満月の細きひかりの明るさに午前二時すぎ眠られずゐる

茉莉花を吹き越す五月の風ありて楽しかりしは異国《とつくに》の日々

思ひても詮無きことの多き世を吹き通りゆく若葉の風が

揺籃歌

我が部屋に一万本の黄バラ枯れ明るきこゝろに〈薔薇色の人生《ラ・ヴィアンロゼ》〉

軒下に揺るる顔なき照る照る坊主　心の中は今日も雨にそろ

薄ら氷のやうな言の葉手に受けて〈愛〉と思ひたき日々ありき

ポプラの葉さゆらぐ夜のベランダに髪と心を乾かしてゐる

舗装路をつんつん跳ねゐしこすずめが飛びて移りぬ向かうのみづき

つゆ空の駅構内の巣の中につばな女《め》、つば九郎《くろ》、かれらの子供

かたはらに眠れる吾子を持たざればうたふべし　我がための揺籃歌《ララバイ》

違和感

曖昧に笑ふ術もて生きむとす煮ゆるかぶらの黄味がかる白

饒舌はむなしさのみを残したり水面に泛ぶことばあやふし

媚ぶることを覚えし日より違和感を感じそめたる我が口の中

輪の中にあらば易きか　カンナ黄色き焔を放つ

空元気を出さむと伸ばす両腕を天の誰かに引き上げられて

面上《おも》げむ、白木蓮は言ひたげにくもれる空へ花を差し出す

立ち直りましたと言へる日をや待つ地ばかり見てゐる黒百合の花

母さんと呼ばるることの感覚を知らずに我はわれを生き来し

見た目にはやはらかさうな山茱萸の触れて知りたるその実のかたさ

見えぬふり聞こえぬふり知らぬふりふり重ねたらたうきび爆ぜた

Ⅱ

異郷にて（1）

ライ麦パントースターより飛び出しぬ長き年月異郷にありき

飛び出しし日本ならねど〈水を得た魚〉でありしは異郷の地にて

七面鳥卓にのせたるクリスマス〈郷に入っては郷に従へ〉

三キロのターキー半日かけて焼く肌《はだへ》が小麦色になるまで

鋏もて糸杉の葉を切りをればひとりの部屋に冬の音する

糸杉にクリスマスリース作りたりリースに飾る朱なるものたち

柊の実、りんご、トントゥのあかき帽、朱なるものらに幸《さきはひ》のあれ

老人に「ジャップ？」と問はれしことあれど我に輝くアメリカありき

異郷にて（2）

朝靄の街にひづめの音高し警察官の馬がつらなる

渡さるる硬貨をにぎり天仰ぐ物乞ひの額《ぬか》に風花の散る

白鬚の男にぎれる壱ポンド硬貨のうらの女王ほほゑむ

異教徒の中の異教徒われなりき聖夜にぎはふトルコ料理屋

エミリーの小さき抵抗別れの日わが靴隠しぬ涙を浮かべ

ひと夜にて消えにし移動遊園地欧州の小さき国のかの夏

白きひかり木綿のシャツに降り注ぎかげろふのやう、岸べのふたり

青あらし吹く

サングラスを欲しいと思ふ春の視野生《あ》るるものみな生気に溢れ

銅色《あかがねいろ》を帯ぶるみづきのわかき葉に流るるごとくあをき葉脈

若葉の下に逢ひしきみはも　おほらかに風を抱けるかへで見てゐる

危険水位の心にきみのゐることに気づかないふり若葉が匂ふ

だしぬけに笑顔を見せて青あらし開け放ちたる我が窓に入《い》る

翌檜

かくまでも我に近くて遠ききみ幼なじみは哀しきものを

「翌檜《あすなろ》より檜にならう」少年のひとこと我を強く捉へつ

少年と少女を乗せしコースター夏の空へと吸はれてゆきぬ

少年と少女の誓ひ追ひこして檜のびたり夏の日差しに

少年と少女は夏を重ね来し幼なじみはをさなきままに

夏空に盛り上がりたる白雲は灰色を帯ぶ至純にあらず

きみの〈今〉を我は知りたし少年と少女の日々を懐かしむより

おだやかな二人の距離を保つべし、湿りを帯ぶる耳に聞こえ来

まだ恋を知らぬ少女を思はせてくれなゐ淡く咲く花のある

花の色

身の内に毒持つゆゑに葉の蔭に咲くすずらんの花色白し

愛らしき五月の花よすずらんよ毒持つことは隠し通せよ

あぢさゐの花色藍を深めたり遣らずの雨に打たれしのちの

記すべき何もなかりし一日の終はりにひらく鬼百合の花

白牡丹片手に余る大きさにひらき五月の片恋終はる

ひと枝のローズマリー

ローズマリーひと枝折って皿におく枝には淡い紫の花

線路沿ひの家の窓辺にプーさんの黄色い背中が大きく見える

いくたびもあなたを傷つけ生きてきたあなたの気づかぬ傷つけ方で

〈近くにゐる〉〈分かり合へない〉〈大事なもの〉〈遠くへ行く〉海が満ちくる

街角を曲がつて消える人の影さり気なく消えることの悔しさ

もういちどあなたのこゑをききたくてみみのおくまでおよいでいつた

白百合

地下街の花舗に一本購ひつ五つのかたき莟持つ花

花五つ咲ききるまでを見守らむひなを育むつばめのごとく

日を追ひてふくらむ莟ひらきそめ莟の中に花蕊《はなしべ》のぞく

僅かひらく莟の中に見えてゐるをしべ六本めしべを囲む

ひらききる前に花粉を落としたり指につく赤拭ひ敢へざる

四つめまでひとつづつ咲き古きより萎れはじむる　順番とふは

蕾のまま首傾げたる一輪のひらかぬままに終はるも良きか

受胎告知を受くるマリアの絵の中の卓に一輪白百合の花

かもめ

珈琲を片手に波止場歩みをり今にも雪が降りさうな午後

逢ひたし戻りたし　きみと町思ひかもめ見てゐる山下埠頭

北風に身を浮かせつつ欄干を離るるかもめすぐに戻り来

雪空に吸ひ込まれゆくかもめ一羽、柵にとどまるかもめ見てゐる

笑ふやうな目をするかもめ戻り来る苦き思ひ出いとしみをれば

船を繋ぐロープに並ぶかもめらの間《あひ》に降りたき空のかもめは

降り立たむとしたるかもめは弾かれてふたたび空へ　戻る空ある

冬の公園

誰もゐぬ冬の公園匂ひたつ日本水仙われを引き寄す

公園に芽吹く木蓮天を指し背伸びをしたくなるやうな朝

シーソーの真中に立ちてバランスを保つ子のあり風受けながら

チューリップの茎はたちまち伸びてゆく思春期の少年のやうに

母の手を引き坂道を上りゆく少年永遠《とは》に少年であれ

空へ

テーブルにぽんと置かれし手鏡に集まるひかり春の窓より

上向きのじゃぐち捻れば春風に流され水は天へ届かず

窓ガラスを洗ふホースの水走り白きひかりの生む春の虹

荒縄をほどきてやれば春浅き空へ　さつきは枝を広ぐる

ひかりある空へ　莟をひらきゆく辛夷は何を失ふらむか

あづさゆみ春をつかみて少女らは素足で歩く　雨あたたかし

ナミヲウツ風ニモマケズ　太りたる白き木蓮かたちを保つ

木枯しのゆふべ〈春待坂〉に見しおかつぱあたま何待ちゐしか

少女の鼓動

モディリアーニのくらき妻の顔泛び出づ黒き細身の傘閉づるとき

微かなるほほゑみの見ゆぬばたまの黒きヴェールの裡《うち》の横顔

いのちあまた生まるる季節うまざるを選びし我の生受けし春

新わかめ新たまねぎをサラダにす新しきものみな柔らかし

春の陽にわづか透けゐるセーターが優しくつつむ少女の鼓動

見上げたる傾《なだ》りを占むる菜の花が一直線に春を連れくる

いちご

熟しても赤くならない〈初恋の香り〉といふ名の大きないちご

生産者の名前と写真明かされて睦月のいちご秘密を持てず

深夜見るいちごの粒々ほんたうは雌蕊《しずい》の変化したものらしき

きのふまでのすべての嘘を消すやうにいちごの粒々スプーンにつぶす

いちごを摘《つま》む兄さんの指細いのを秘密知るごと思ふ今宵は

母よ母よ、いつかそんな日来るのだらう空ろにいちご見てゐるだけの

籠盛りの五月のいちご並びゐき裸電球ほこりにまみれ

練乳に五月のいちご甘酸ゆくぎゆつと詰まれる恋ありしこと

夏を拾ふ

炎天へ溶け出すからだじりじりと水飴舌に絡みつかせて

北国へ向かふ列車の窓越しに低き夏雲つかめさうなる

ちから込めコーラの缶をつぶしたり西日シャワーのごとく浴びつつ

赤毛色の空にのっぺり顕れしエリザベス一世暈かかりをり

海を知らぬ少女の青き麦藁《むぎわら》帽子にこぼるる涙　さう、それが海

花の名は皇帝ダリア名のみ知りその名に惹かれゐし花に会ふ

少し押し少し押されてをさならの諍ひ始まる　シンガウアヲダヨ

捌きたる魚の臭ひよ　戦場のにほひ知らずに我が生きて来し

夏の雪

あめんぼにあめんぼ当たる、池の面にいくつもの輪が広ごりぬ

嫁ぎゆく狐が笑ふわらひながら流すなみだが日照雨《そばへ》に変はる

これ以上持ち堪ふるは苦しくてあかきダリアの朱夏よりあかし

黒き蝶ふたつが翅を重ね合ふ未草ひらく昼下がり

我が裡《うち》の毒を吐くべしひとつづつ西瓜の種を闇へ飛ばさむ

犬たちが風を切る　ドライブ　波乗り　フリスビー　坂多き町

肩の上にほら、夏の雪　あなたの肩へしまさるすべり

晩夏光

捨てられぬ赤き自転車くぼみあるサドルに晩き夏の陽たまる

油蟬わがベランダに死にゆけり白き腹の上《へ》晩夏光のせ

爪あとのつくまで押せば黒き実ゆ白粉花の粉がこぼるる

バジリコのひと葉に落つる花の影晩夏のひかり衰へゆかむ

刃のごとく鉄路きらめく白々と夏の終はりのひかりを返し

かなぶんのむくろに晩夏のひかり落つ喘ぎつつ来し石段半ば

なだらかに続く坂道　この先に天国への階段きつとある

鰯雲

木犀の木下に立てば満ちてゐる香りを秋と呼ぶのだらうか

人恋ふはなぜと問はれて木犀の好《よ》き香と応ふわが恋心

がらんどうの胸に沁みくる木犀の好き香に今日は凭れかからむ

あさがほの朝の瑠璃色にごりなしこんな色した心あるべし

母を思ふ気持ちにたぶん近いだらう淡く光れる真珠のピンク

銀色の秋の十時のひかり吸ふペットボトルの中の硬水

わたくしの目よりいささか高きゆゑ爪先立ちに覗くコスモス

コスモスに顔隠さるる石仏は風吹くをりにやはき顔見す

青空に大き帯なす鰯雲いわしも人も群るるを好む

言はぬが花、空を見上げてひとりごと積乱雲のいただき尖る

カーンと槍に突き差してみむ邪心なきと言はむばかりの秋空深く

透明なをみなになりたき我なればりんごの果汁ひと息に飲む

存念なきか

最後まで枝に残れる柿落ちぬ照柿色が陽に映えてゐし

花も実もきつぱり落とし柿の木は細き枝々冬陽にさらす

果実、葉をなべて落とせる冬の木に存念なきか輝きて見ゆ

電柱を越えて飛翔の黄のひと葉地に落つるまで八秒がほど

涙するピエロのやうだ地震《なゐ》のあと今夜はじめて見る半月は

雪虫

雪片とみまがふ白は雪虫や冬へ傾く白鳥の町

空《くう》に浮く小さき綿のごときもの雪虫と知る近づき見れば

十月のなかば風なく晴るる朝雪虫あまた降り注ぎたり

くにびとは親しみこめて斯く呼べり雪虫、綿虫、妖精などと

雪の降る気配の中を歩むとき香りそめたる白きストック

あつと思ひ「雪？」ところゐにし手のひらを空に向けたり雪細かなる

ロマンチック、センチメンタル、純情を拒み降る雪降りやまぬ雪

あをじろき春摘みの茶葉ゆるやかにひらいて香るヒマラヤの雪

雪うさぎ

新雪を長靴にふむ朝の道あたらしき雪さくさくと鳴る

〈平和堂〉とふ古き漢方薬局の朝《あした》の窓に雪が吹きつく

ふぶく日の〈平和堂〉の店の前南天の眼の雪うさぎゐる

空中にとどまり翅をふるはせて南天の実を啄む椋鳥《むく》は

風の音の大きくなれる雪の庭水仙の芽の倒れたるあを

雪うさぎひと夜の雪につぶされし耳になほ聞く風の音ある

Ⅲ

限られてゐる

青空を突きぬけ届く告白はきみのいのちの長からぬこと

航跡に傷つく空か青空にひかうき一機白き尾を曳く

ぼろのごとく白木蓮は幹にあり終はりゆくもの必死なるべし

早春のひと日吹きたる風にさへ落ちぬ石榴は引き際のなき

ひらききり枯るるまで長きガーベラの茎を日々切る　延命思ふ

ひまはりを好むと言ひし歌人《うたびと》よ我はきかれてダリアと言ひき

天上にひまはり咲くや問うてみむ深夜目覚めて犂星《からすき》見つつ

仔猫から育てたければ急がねば　我が持ち時間限られてゐる

失ひしものは若さと呟きぬかへで並木のさみどり痛し

褐色の蜆を火にかけたそがれを厨にをれば晩年の見ゆ

腹を見せ丸一日を動かざる蟬を捨てむとつまみつ指《おゆび》に

まだ生きてゐるとばかりに高々と啼きはじめたり九月の蟬は

晩夏光濃きベランダに容易には終はることなき蟬の生あり

青天の霹靂、out of the blue 別れに色のあらば青色

時間

たくましく生き抜くべしと我が影の地に濃く映る夏は来にけり

体幹を強く持ちたし雨を待つかたき土踏む赤きズックに

くれなづむ十時の空を濃き淡き藍つつみゐき異国の夏は

夜の卓の余念なき香のル・レクチェ花を思はば大輪の百合

食べごろの頂点はかりかぬる間に西洋梨の香り失せたり

ひと葉ひと葉ジューンベリーは葉を落としなべて散るころ冬は来向かふ

ローリングストーンまろきを思ふべし泉湧きゐる凍らぬ川の

年明けのやはらかき雨切株となりし桜の年輪に降る

甘酸ゆき

畑の道夕日の中を歩みゆけば韮の花咲く道に出でたり

夕光《ゆふかげ》の届かぬ納屋にあぐら組み男たばこの葉を広げをり

畑の向かう地平線に沈みゆく夕日たぷたぷ音たつるやう

きみどりの大きたばこに皺多ししわを延ばして束ぬる男

地下足袋に高き足場を渡りゆく男の頭上を通ふ風あり

強風をカーディガンの背にはらみ女は歩む何を抱ふる

マリリンのドレスの裾が吹き上がる力づくとふこと甘酸ゆき

もう逢はぬと決めて帰れる夜の空に水蜜桃に似たる月浮く

厚みある本にカバーを被せゆく女の指先流るるごとし

かがみゐる〈湯浴みの女〉盥より裸体はみ出すほどのゆたかさ

女とはまろやかなもの〈浴槽の女〉の大きくすべらかな臀

ひとの母にならざりしかばトーストのマーマレードのマーマの匂ひ

間引きされしメロンの吐息青年に食はるる夢を果たすことなく

天使降り立つ

車庫の隅にほこりまみれの一輪車秋の陽射して少年の影

折れさうな心支へてあげるよとコスモス揺るるわたしの苑に

風なくばそよげぬ紫苑すすきの穂自分の足でわたしは歩く

風に揺るる楽しさ風に堪ふる苦しさ木も星も鳥もわたしも

フェンス越えあをあを伸ぶる雑草のはみ出すことの楽しくあらむ

みどり児を抱く母の腕みぎひだり緩やかに揺れゆりかごとなる

いちじくを漢字に書きて物思へば天使降り立つごとき夕影

黄の風信子

寒の水に里芋の泥洗ひたり落としきれざる泥が残りぬ

青みあるレモンのごとき冷たさにことば放ちぬ夜更けのきみは

ロリポップを舌に遊ばす伝へたき思ひねぢれて伝はる夜更け

何を信じればいいのと問ふも応へなく窓辺に飾る黄の風信子《ヒアシンス》

流星ひとつ

夕影の深く射し込む部屋の中ぽつり我が影冬木のやうに

花終へし冬の薔薇《さうび》のやはらかき棘がやさしく心に刺さる

あいまいにひと日が終はる小雪降る降りやむ降るを繰り返しつつ

「乾杯」と揚ぐる三鞭酒《シャンパン》静かなる怒りのごとき幾千の泡

ためらひは微熱のやうに続きたり言ひ切るよりもためらひ選ぶ

気配のみあとに残れるさみしさに流星ひとつ拾はむとしつ

冬の虹

冬の陽とペットボトルが作り出す床の上《へ》の虹揺らめきゐたり

陽に当てし二枚の浴衣たたみをり藍褪せたるをいとほしみつつ

傷つかぬやうに薄皮むく指を責めてゐるらし夜の白桃

くちづけの余韻つめたく残りゐて空には薄きくちびるの月

太陽も月も見えぬ日続きたり内へ内へとこもる思ひは

身の内に悪事秘するは楽しくてぱすてるからあのハモニカを吹く

藍色を深めあぢさゐ我に咲く晩秋いまだ冬にはあらず

冬の川

凍て空に銀の刃《やいば》が刺さるごと冷たきひかり放つ三日月

冬の川流れゐるべし夜深くバカラグラスに水を満たせば

水底に眠る草魚《さうぎょ》のうろこ思ふ銀のスプーンが舌先に触れ

しんしんと雪降る朝《あした》見し鯉は動かずにあり池の底ひに

冬の川細く流れて口数の少なき兄のやうだと思ふ

レダの卵

汽水湖に大白鳥の来るころか星座図鑑をめくる秋の夜

ペガサスの導きあれば迷はずに降り立つだらう大白鳥は

寒空の下の刈田に動きゐる落穂拾ひの黒きくちばし

白鳥のねむれる湖《うみ》を揺らすらむ真夜の寒雷とどろきやまず

白鳥に姿変へたるゼウスはやレダに産ませしふたつの卵

ひとつ卵に生《あ》れし兄弟空にありふたご座流星群冬空奔る

傷負ひし白鳥ならむ早春の水辺に繭のごとくただよふ

つばさ持つゆゑの苦しみ飛べぬ吾は地にあり冬のゆふやけを見る

北帰行叶はぬ白鳥浮かびゐる水ぬるむ湖《うみ》あはゆきの降る

寄り添ひて

鉄塔の高きを目指すひよどりの大群黒し　夕空渡る

群れゆくは息苦しきか一羽二羽群れを離るるひよどりの見ゆ

息白き夜にひとときは明き星下弦の月に寄り添ひゐたり

寒き夜に冷ゆるは心、身にあらず星のふるへに耳を澄ましつ

寄り添ひてくるる〈誰か〉を見つけたしロマンチックといふにあらねど

ゆくへなし

黄の花が朝《あした》の風にゆれゐたり西洋たんぽぽ傾《なだ》りを占むる

南風をとらふる綿毛二つ四《よ》つホームに傾り見上げてをれば

ゆるゆると南の風に流れゆく綿毛楽しや種こぼしつつ

日差し弱き場所をえらびて我は立つ三番線に〈誰か〉を待ちて

かたはらのサミュエル・ベケット読む人に待ち人来るや来ぬと思へり

路線図に見知らぬ町の名がならぶ我が住むまちの私鉄沿線

Kといふ町にあてなく降り立ちぬ南の風にそそのかされて

黒き葡萄

早咲きの山茶花ひとつひらく朝分厚き手紙友より届く

ひとり娘のインド放浪を書きしるす便りの末尾〈離婚しました〉

古びたる〈バーバーコジマ〉客を待つ主のまろき背に夕日射す

五時を打つ小学校の鐘の音夕星《ゆふづつ》のぼる空に広ごる

十五夜の隈なき月を仰ぎつつ月より戻れぬ子うさぎ思ふ

邪な人間だけを照らさむと言はむばかりの明《さや》かなる月

秋の陽の射し込む厨ひとふさの黒き葡萄が皿に溶けゐる

これもまた幸のひとつと思ふほど葡萄おほきな果実となりぬ

あを透きとほる

水色のあはき秋空残月が切絵のごとく貼りついてをり

ここよりはオフリミッツといふやうにレースの蔭に咲く烏瓜

いぢけたる心楽しむ夜もあらむ月のうさぎが大きく跳ぬる

みづからのぬけがら探してみたくなるわたしはせみではないのだけれど

満月にわづか届かぬ月仰ぐ欠けゐることの美しきかな

「少年のやうね」と言はれ続けたるをみなにあれば風恋ふるのみ

しろたへの雪のうつろひ眺めをり　風に任せてしまっていいか

やり直すことのできると思ふまでいろはもみぢのあを透きとほる

父のこゑ置く

ちちのみの父の夢より目覚むれば庭に降り積む雪の明るさ

何を話すといふこともなく陽だまりに肩並べゐき父とわたくし

受け止むるとは感じとること額《ぬか》に手をあてて冷たきその死受け止む

風の音《と》の遠きあなたが逝きし日と生まれし日とが重なる睦月

父の忌の朝にひと枝折りきたり一輪挿しの白き山茶花

ふうはりと朝《あした》の空を飛ぶすずめ母のオムレツ食べたしと思ふ

母の焼くふはふはプレーンのオムレツにあねおとうとの朝始まりき

冬野菜の種をまく父ゐるだらう初秋もし父生きてあるなら

冬菜《とうな》といふ父の作りし菜の甘し降り積む雪の下に育ちし

亡き父に手紙出さむと雪道をいそぐ特定郵便局へ

小言さへなつかしきかな雲雀啼くげんげ畑に父のこゑ置く

解説　優しさと内省の歌人《うたびと》

難波一義

わたしは一つの詩《うた》を空にむけて歌った。
それはどこに行ってしまったかをわたしは知らない。
それから幾日も幾日もたったある日のこと、
わたしはその詩をひとりの人の唇に見いだした。
ヘンリー・W・ロングフェロー

黒田京子さんが歌集を出したいと言って、最初にその原稿を持参してきた時から、打ち合わせを続ける間、彼女は何度も何度も、「私の歌を歌集にまとめて、読んでもらう価値はありますか」と問うてきた。多かれ少なかれ、はじめて歌集を出す人なら、このような思いにかられるのは、ごく普通のことだろう。しかし僕はその問いとまともに向き合って、答えてこなかったような気がする。こうして歌集が成る今、冒頭に掲げたロングフェローの詩をもって、黒田京子の第一歌集『揺籃歌』への餞としたい。「ひとりの人の唇」のその「ひとり」の中には、紛れもなく僕も含まれるのである。

黒田京子は、豊かな知性と感性を合わせ持った歌人である。一首の中にそれがバランスよく配された時、歌は美しい姿を持って立ち上がってくる。

練乳に五月のいちご甘酸ゆくぎゆつと詰まれる恋ありしこと　「いちご」

嫁ぎゆく狐が笑ふわらひながら流すなみだが日照雨《そばへ》に変はる　「夏の雪」

青天の霹靂、out of the blue 別れに色のあらば青色　「限られてゐる」

マリリンのドレスの裾が吹き上がる力づくとふこと甘酸ゆき　「甘酸ゆき」

ひとの母にならざりしかばトーストのマーマレードのマーマの匂ひ

これらの歌がその成功例だと僕は思うが、一首の成立過程を想像してみるに、掲出歌には共通の傾向が認められる。まず黒田は、一つの実体—それは物であったり、体験であったり、芸術作品であったりする—を捉まえる。一首目でいえばそれは「いちご」であり、二首目なら「日照雨」、三首目は「別れ」、以下『七年目の浮気』のワンシーン、「マーマレード」である。そこから彼女の知性と感性は、フル稼働をはじめる。一首目を例にあげれば、「いちご」から「甘酸ゆく」が導き出され、「甘酸ゆく」からそれは「五月」の「練乳」の中に置かれることとなる。ここで「恋」はすでに、彼女の視野に入っているはずだ。そこから「練乳」の中の「いちご」は容器いっぱいにまで満たされ、「ぎゆつと詰まれる」で、「恋」へと繋がっていく。以下の歌も凡そ同様の展開で、成り立っていると思う。そこには知性と感性の、幸福な共同作業の営みがある。黒田を豊かな知性と感性を合わせ持った歌人、という所以である。
次に黒田作品の文体（歌体）であるが、その特徴的な例をいくつか挙げてみる。

かはひらこ菜の花畑を飛びながら風に紛るる　サガサナイデヨ　「風あれば」

かたはらに眠れる吾子を持たざればうたふべし　我がための揺籃歌《ララバイ》　「揺籃歌」

海を知らぬ少女の青き麦藁《むぎわら》帽子にこぼるる涙　さう、それが海　「夏を拾ふ」

少し押し少し押されてをさならの諍ひ始まる　シンガウアヲダヨ

一読明らかなように、これらの歌は全て四句切れ、一字空け、結句「語りかけ」の形を取っている。中では第二首だけが少し異質で、四句句割れで一字空け、四、五句が自分自身への語りかけとなっている。他の三首の語りかける相手は、他者あるいは特定できない何者か、いずれにせよ自分以外の者へのそれである。それは柔らかく、そっと囁きかけるような言葉であるが、二首目は「我がための」という表現がある分、強く硬く響いている。図らずもここに、人間黒田京子がよく表れていると思う。それは他者に対する優しさと、自己を見つめる内省の強さである。そのどちらもが人並みはずれて強いのが、黒田京子という人と歌の魅力であると同時に、時に弱点となっているのではなかろうか。

ぼろのごとく白木蓮は幹にあり終はりゆくもの必死なるべし　「限られてゐる」

仔猫から育てたければ急がねば　我が持ち時間限られてゐる

満月にわづか届かぬ月仰ぐ欠けゐることの美しきかな　「あを透きとほる」

いずれも三句切れの歌である。ここでもまずはじめにあるのは、「白木蓮」、「仔猫」、「月」という実体であるが、それは一旦彼女の中に収められ、咀嚼された後、自らの思いとなって結実し、それが下句に表白される形となっている。上句と下句の句切れの間には、静かなそしてある程度の長さを持った時間があるはずだ。これらの歌が三句切れである必然性は、そこにあると僕は思う。

微かなるほほゑみの見ゆぬばたまの黒きヴェールの裡《うち》の横顔　「少女の鼓動」

年明けのやはらかき雨切株となりし桜の年輪に降る　「時間」

あいまいにひと日が終はる小雪降る降りやむ降るを繰り返しつつ　「流星ひとつ」

受け止むるとは感じとること額《ぬか》に手をあてて冷たきその死受け止む　「父のこゐ置く」

小言さへなつかしきかな雲雀啼くげんげ畑に父のこゐ置く

次に二句切れの歌を引く。三句切れの歌と比べてみると、これらの歌は抒情性が濃厚であることが分かる。三、四、五句と、音数を多く使うことによって、流れるような抒情を生むのも、黒田の得意とするところである。

第四、五首は、亡き父を詠んだものだ。歌集『揺籃歌』は黒田自らが「あとがき」で語っているように、「想像力や空想力を働かせて」成った歌、創作歌がかなりの数、あるように感じられる。そんな中で家族、特に父を詠んだ歌は、珍しく思いの丈をストレートに表現している。巻頭歌が「ちちははに我の生まれて家族といふかたち整ふ　京都市左京区」(「風あれば」)であり、最後の歌が掲出五首目の「父のこゑ」を詠んだ歌であることが、家族特に父への思い入れの深さを証明している。「重ね来し冬を思へば大切な人との別れ多き冬かも」(「壊るる」)、「風の音《と》の遠きあなたが逝きし日と生まれし日とが重なる睦月」(「父のこゑ置く」)。後の歌の「あなた」が、連作の流れから父であることは間違いなく、前の歌の「大切な人」のひとりが父であることも、疑う余地のないところである。この歌集が亡き父に捧げられたのも、当然といえば当然といえよう。

　連作といえば黒田作品は、一首一首独立した歌が多いというのが、「笛」誌上でその初出を読み続けてきた元々の印象だったが、こうして歌集として纏まってみると、意外に連作が多いことに気づかされた。それは「あとがき」にあるように、「テーマや季節などを考慮して並べ直し」た結果なのか、単に一首一首の印象が強いゆえの僕の錯覚だったのかは判然としない。そんな連作の中から選ぶとすれば、「白百合」、「雪うさぎ」の二つを僕は推したい。それぞれ二首ずつ挙げる。

地下街の花舗に一本購ひつ五つのかたき莟持つ花　「白百合」
僅かひらく莟の中に見えてゐるをしべ六本めしべを囲む
新雪を長靴にふむ朝の道あたらしき雪さくさくと鳴る　「雪うさぎ」
ふぶく日の〈平和堂〉の店の前南天の眼の雪うさぎゐる

「白百合」は買ってきた一本の百合が、莟から花咲き、終わるまでを、丹念に観察した連作である。ほのかなエロチシズムをも感じさせる、優れた一連である。「雪うさぎ」は、新雪の積もった朝、誰が造ったのか、南天の眼を持つうさぎの形の雪だるまを見つけたのだが、その翌朝だろうか、それが更に降った雪の重みで潰されてしまうという作品である。起承転結がしっかりした、ドラマ性を持つ連作といっていいだろう。勿論「父のこゑ置く」をはじめ、他にも読みごたえのある連作を、この歌集を手にした人は、多く見出すことができるはずである。

しかしすでに僕は、多くのことを語り過ぎたようだ。黒田の歌の殆どは平明で、解説など要しない類いのものである。僕はここで、集中の優れていると思う歌を挙げて語ってきたのだったが、最後にあまた詠まれている風と花の歌の中から、拾い落した数首を挙げて、読者の前に差し出したい。本当は、この歌集の中に吹いている風の流れと、花の豊かな色彩を読者それぞれが感じ取ってくれれば、下手な解説などなくて充分だったのである。

なよらかに揺れつつ芯のかたきまま風の星座に我は生まれて　「風あれば」

春雨に光る大地を持ち上げて黄のクロッカス針の芽を立つ　「ムール貝」

コスモスに顔隠さるる石仏は風吹くをりにやはき顔見す　「鰯雲」

雪うさぎひと夜の雪につぶされし耳になほ聞く風の音ある　「雪うさぎ」

二〇一八年三月

あとがき

日本茶が大好きだが、缶やペットボトルのお茶は苦手。そんな私が、あの夏のあの日は、なぜかお茶缶を手にしていた。その缶には、公募の俳句が三句載っていた。どんな俳句であったかは思い出せないが、それを見た私は、自分でも作ってみたいと思った。

二カ月後の十月、私は藤井常世の担当するカルチャースクールの短歌講座にいた。俳句がきっかけで短歌入門。単純に、十七文字よりも三十一文字の方が表現できそう…と思ってのことだった。それから七カ月後の二〇〇六年五月に、藤井の主宰する「笛の会」に入会。遥か昔に習った古典文法はすっかり忘れている、教科書に和歌や短歌が載っていたこの記憶もない。全くのゼロからの出発だった。

『揺籃歌』は、私の第一歌集である。二〇〇六年~二〇一七年に「笛」誌上に発表した歌を、制作順ではなく、テーマや季節などを考慮して並べ直し、三一八首を収めた。五感が捉えたものをそのまま、或いは、それらを膨らませて作った歌。想像力や空想力を働かせて作った歌。創作した歌もある。色々な題材を得ながら歌を詠むという作業は、時に孤独ではあるが、その楽しさは短歌と出会って十年以上を経た今も、変わることはない。

歌集刊行にあたり、いつも私に温かい励ましを下さる「笛の会」会員の皆様に、そして「深沢歌会」「さくやこ」の皆様に深くお礼を申し上げます。歌集として仕上げるまでには、難波一義氏に大変なご尽力を頂きました。感謝の気持ちでいっぱいです。上條雅通氏はいつも私の背中を押して下さいました。出版に際しては、六花書林の宇田川寛之氏、装幀の真田幸治氏にお世話になり、有り難うございました。

最後に。今は亡き常世先生と、私が短歌を作り始める一年前に亡くなった父に、この歌集を捧げたいと思います。

黒田京子

二〇一八年三月

揺籃歌《ようらんか》

2018年5月14日 初版発行

著 者——黒 田 京 子
〒216-0004
神奈川県川崎市宮前区鷺沼3-3-6-401

発行者——宇田川寛之

発行所——六花書林
〒170-0005
東京都豊島区南大塚3-44-4 開発社内
電 話 03-5949-6307
FAX 03-3983-7678

発売——開発社
〒170-0005
東京都豊島区南大塚3-44-4
電 話 03-3983-6052
FAX 03-3983-7678

印刷——相良整版印刷

製本——仲佐製本

定価はカバーに表示してあります
ISBN978-4-907891-61-9 C0092